DIEGO BARBOZA
MANUELA OITICICA
RAFAEL MAIEIRO
(ORGS.)

PORREMAS

ESCREVA MUITO BÊBADO, EDITE DE RESSACA

mórula
EDITORIAL

REVISÃO
Luciana Goiana

CIP-BRASIL. CATALOGAÇÃO NA PUBLICAÇÃO
SINDICATO NACIONAL DOS EDITORES DE LIVROS, RJ

P874
Porremas: escreva muito bêbado, edite de ressaca / organização Diego Barboza, Manuela Oiticica, Rafael Maieiro — 1. ed. — Rio de Janeiro : Mórula, 2017.
128 p. ; 19 cm.
ISBN 978-85-65679-74-9

1. Poesia brasileira. I. Barboza, Diego. II. Oiticica, Manuela. II. Maieiro, Rafael.

17-46619 CDD: 869.1
CDU: 821.134.3(81)-1

R. Teotônio Regadas, 26/904 — Lapa — Rio de Janeiro
www.morula.com.br | contato@morula.com.br

À MEMÓRIA DE ANDERSON ULISSES

Anderson foi convidado para participar deste livro, mas não entregou o seu poema. Justificou assim: "A poesia escolhe o seu tempo e ela não veio no prazo combinado". Todo mundo que o conheceu sabe, o nosso Andersão respeitava a dignidade e o tempo da poesia.

Pelos copos, pelo torresmo. Pelo cosmos. Cravamos uma bandeira vermelha no peito:

Anderson, presente!

ÍNDICE

APRESENTAÇÃO

NÃO HÁ POESIA NO PORRE, diz o douto. Pois é. Não necessariamente, Vossa Excelência. Mas se encher a cara não faz de ninguém poeta, bêbados podem escrever belíssimos poemas — sim. Ao menos é a aposta que fazemos aqui.

A ideia do livro veio da conjunção mágica de dois fatores: a conhecida frase "escreva bêbado; edite sóbrio", atribuída a Hemingway, e uma conversa sobre a poesia de Aldir Blanc Mendes. Tudo isso regado a muita cerveja, é claro. Daí, não sabemos bem como, apareceu o termo porrema.

Mas o que seria um porrema, além de um trocadilho? No dia seguinte, trocamos mensagens e decidimos radicalizar a máxima de Hemingway: porrema é toda a poesia escrita muito bêbado e editada de ressaca. Gostamos do mote e resolvemos consultar o nosso oráculo Aldir Blanc. Sabe o que aconteceu? Ele bebericou a ideia. Depois de um cachaçal para comemorar a adesão do mestre, convocamos um time de escritores para esta experiência de retaguarda poética.

Afinal, beber para escrever é tão velho quanto a escrita. Na maioria dos casos dá ruim, mas às vezes dá um bom danado. Igualzinho com os sóbrios, só que eles ficam com dor de cabeça sempre. Nós, ainda bem, só no dia seguinte.

Ah, críticos de plantão, não venham dizer que o Porremas é um porre. Nós sabemos, e isso nos enche (mais um chorinho, por favor) de orgulho.

RAFAEL MAIEIRO, DIEGO BARBOZA E MANUELA OITICICA
ORGANIZADORES

ALDIR BLANC

é compositor, escritor e médico psiquiatra por formação. Nasceu no Estácio, passou parte da infância em Vila Isabel e hoje vive na Muda, Tijuca. É parceiro de diversos compositores da música brasileira como Moacyr Luz e Paulinho da Viola, além de João Bosco, parceiro mais frequente e com quem recebeu o Prêmio Shell de Música de 2004, pelo conjunto da obra. Publicou, entre outros, os livros *Rua dos Artistas e Transversais* (Ediouro, 2006), *Brasil passado a sujo* (Geração Editorial, 1993) e *Um Cara bacana na 19ª* (Record, 1996). Para adolescentes, *Uma caixinha de surpresas* (Rocco, 2010) e para crianças, *Cantigas do Vô Bidu* (Lazuli, 2011). Integrou a redação do *Pasquim* e publicou pela Mórula os livros *Rua dos Artistas*, *Porta de Tinturaria* (reedições) e *O gabinete do Dr. Blanc*, considerado pela crítica um dos melhores lançamentos de 2017. Foi colunista dos jornais *JB*, *O Dia* e atualmente escreve para *O Globo*.

MUITOS FALAM

Muitos falam mal do álcool.
Eu, não. Beber eu topo.
Quando fiquei sem ninguém,
ele me estendeu o copo.

Como o amigo Jaguar,
eu confesso que bebi.
Não o Dilúvio, mas a chuva
que escorria na Morena do subúrbio.

AVE CERVA

Loura nossa que estás no Sol,
superlampótico esteja vosso frasco.
Venha a nós o vosso malte.
Seja feito o vosso efeito,
assim na cuca como nos rins.
O provolone nosso de cada dia nos dai hoje
e perdoai a qualidade da moela,
assim como da azeitona, da manjubinha, etc.
Não nos deixeis cair de cara no chão
e livrai-nos do bleargh, amen(doim)!

SAIDEIRA[1]

Bebi demais. É fato consumado.
Bom, foda-se.
Agora é pensar no futuro.
Eu gostaria de ser cremado
— depois de morto, seu guarda!

Ao ser retirado
já morno do forno,
o público em torno
veria espantado
meu exibicionismo inveterado.
Do pó se ergueria
um termômetro azado
dizendo: está pronto. No ponto.
Um nada acinzentado
ao molho pardo
da cerveja, do uísque, do traçado
e do passado passado passado...

A pior nostalgia
é a do peru Sadia:
já vem (ou já vai) temperado.

---

[1] Tem uma história ótima sobre este poema: saiu há décadas e todos os cafajestes acharam, sei lá, que eu estava morrendo. Me telefonavam com vozes tristíssimas e eu respondia rindo: "Vocês entenderam mal... Ainda não é que o vocês queriam...".

ALEXANDRE GUARNIERI

(carioca de 1974) é poeta e historiador da arte. Integra o corpo editorial da revista eletrônica *Mallarmargens*. Estreou em livro com *Casa das máquinas* (Editora da Palavra, 2011). Publicou *Corpo de festim* em 2014, livro ganhador do 57º Prêmio Jabuti (1º lugar, na categoria Poesia) em 2015. Em 2016, saiu pela Patuá a antologia *Escriptonita* (poemas tematizando os super-heróis e o universo da cultura pop), do qual foi um dos organizadores. Seu terceiro livro é *Gravidade Zero* (Penalux, 2017), uma biografia em poemas do astronauta Major Tom, personagem criado por David Bowie.

A PENA NA GARRAFA

água ardente
cujo fogo
encontra apenas
no poema
o meio possível
de molhar na tinta
a carne acesa

do gargalo
à página

da lama à alma
lavada ou
derramada
pela água
pelo álcool

escrever bêbado
editar sóbrio

este livro:
embriagá-lo

MUSA ABSTÊMIA

não fosse o porre de ontem o óbice
à voz incólume da primorosa musa
Mnemosine — filha de *Urano* e *Gaia* —
a embriaguez tendo calado no espírito
o grito de qualquer memória, talvez
escrever um poema distinto houvesse
compensado a nefasta ressaca, que
por horas avassalou sua cabeça,
afastando-o à revelia, surdamente e
amnésico, do reino das palavras

não fosse o álcool o ócio
a gastura a angostura a birita
a aguardente a pinga a angústia
regurgitando a música ruim
das *jukeboxes* programáveis
pela súbita legião de trêbados
se atravancando bar adentro,
talvez o poema tivesse vindo
— simbólico idílio dos que dizem
beber *apenas socialmente* —,
e talvez não fosse muito diferente

deste, mas que por uma questão
de *finesse*, no fundo falsa e pre-
tensamente, o poeta resolveu
consigo mesmo, passada a
enxaqueca o enjoo o vômito, não
escrevê-lo em primeira pessoa

P.S.: o poeta é um fingidor
e ignorando a má fama de pé-
de-cana pinguço manguaceiro
alcoólatra péssimo abstêmio

e o fantasma sob sua carcaça
refletir-se na garrafa de água prata
ou qualquer fluido que valha...

quando o caráter falha
onde lava a alma é nas lágrimas
da velha e calorosa amiga:

a cachaça!

ODE AO ENGOV

Para João Cabral de Melo Neto,
in memoriam,
pela sua devoção à aspirina

certamente: o mais gastresofágico
e prático comprimido — com hidróxido
de alumínio —, elegantemente ingerível
por aqueles que pretendam encher
a cara, bastando administrá-lo em mo-
mentos de certa estratégia no ato do
consumo (um pré \ outro pós) do álcool;
esta droga, ao tomá-la, qualquer candidato
egresso da sobriedade e cujo corpo tende
ao exagero no copo, por destilados ou fer-
mentados sempre, terá formada no estô-
mago uma benéfica e antiácida camada.

combinam: além da inequívoca ação do
anti-histamínico que aliviará sem engano
alguns dos danos menos drásticos de
qualquer abuso etílico, reunido ainda
ao renomado ácido — o acetilsalicílico —
a beleza estética do recomendado remédio
em dourada embalagem (meio amarelo /
/ meio rosado) e redondinho, um artefato
bicolor curativo, acudindo aqueles que an-
seiam pelo auxílio deste forte aporte, neces-
sário e indispensável à nobre arte dos
homéricos goles & grandessíssimos porres.

ANDRÉ RODRIGUES

nasceu na Saúde (embora muito doente quando criança). Criado no Morro da Conceição. É professor. Escreve por ofício. A poesia é companheira antiga, desde os primeiros passos no letramento. Sabia ler e escrever desde os seis anos, mas considera só ter deixado de ser analfabeto aos dezesseis, quando leu o primeiro livro (não lembra se foi Quincas Borba ou Zaratustra; podem ter sido os dois). Escreve porque lê e só escreve quando lê. Lê por ofício, mas prefere as leituras baldias. Já leu pedaços de todos os livros que tem na estante. De cabo a rabo, só uma minoria deles.

O AFOGADO

Morreu afogado
num açude em Minas
eu acho

Evaldo contava
como ele havia
tentado se agarrar

ao seu fino escapulário
antes
de afundar

Eu achava o Evaldo
um pouco mau
um pouco covarde

por ter querido
se livrar da mão
do Márcio

que buscava
o escapulário
fino

sua última devoção
antes
de afundar

Os adultos
diziam
entretanto

que o afogado
agarrado
a alguém

puxa a pessoa
para o fundo
e morrem os dois

Evaldo tinha razão
e eu vi
no olho dele

uma amargura
que nada tinha
de maldade ou covardia

Disseram
que o Márcio
nadava no açude

quando começou
a rir e gritar
e afundar

Pensaram
primeiro
que era brincadeira

O Márcio era um garoto
capaz desse tipo
de deboche

Era maior que os outros
não sei se era
mais velho

Virou por um tempo
o melhor na briga
e mais ágil nos chutes

Quebrou o meu pé
numa brincadeira
de luta

Suas mãos eram
curtas e largas
assim como os seus pés

O tronco compacto
e as pernas troncudas
o único que já tinha buço

Tinha cara de mau
e eu o temia
e o tinha por mau

Eu era seu amigo
mais por medo
que por outra coisa

Morreu num açude
desapareceu
no fundo escuro

Mas ele estava ali estendido
lasso
vago

Jamais voltei
a ver os pés
de um morto

Eu tinha
a impressão
de que ele vestia

a mesma roupa
do dia
do afogamento

A boca
estofada
de algodão

O mesmo buço
as mesmas
mão chatas

A cara de mau
porém
tinha se diluído

Tinha cara
de criança
novamente

Morreu afogado
num açude em Minas
eu acho

A CIDADE

Não me acostumo
com muito claro,
com muito amplo.
Nasci no úmido
da fresta da Saúde.
Resto entre as ferrugens
das casas de ferragens.
Tardo no cinza ruidoso
e no pó do cais do porto.
Só percebo a cidade
que some em cada esquina
e reaparece por trás
do tumulto de carretas e igrejas
do Santo Cristo.
Sou da raça dos homens
que têm apenas o da cerveja
de cada dia
e uma saudade

das dores da infância
guardada nos olhos
da mulher amada.
Sou vizinho das piranhas velhas
e das travestis melancólicas.
(O Barão de Mauá
não sabia que seria
nome de praça
nem que o cheiro
dos balcões engordurados
dos bares de lá
perfumaria, um dia,
a minha barba.)
Nunca cheguei a malandro
porque nunca deixei
de ser menino.
Sou um tuaregue suburbano
nos desertos da Gamboa.

DIJANIRA

Minha vizinha Dijanira
é um poço de bondade e de justiça.
É quem cuida de Paquita
cadela que habita
o pátio e a portaria do prédio.
Vive com a caninha pendurada nos beiços
e tem uma perna maior que a outra.
Tem por hábito
Xingar os vizinhos infames
e as senhoras fofoqueiras.
Aos fins de semana almoça e bebe com eles
para fazer as pazes.
A mim me trata muito bem
e me confunde com seu neto
(um dia me obrigou a pedir a bença)
Sobe as escadas carregada
e aos palavrões
como gesto de boa noite.

Quem terá sido Dijanira?
Atriz de cabaré?
Anotadora do jogo do bicho?
Despachante? Prostituta?
Gerente do Banco do Brasil?
Prefeita?

Rainha da primavera?
Noiva de quadrilha?
Bailarina?
Astronauta?
Motorista de ônibus espacial?
Nuvem?
Asteróide?
Poeira?
Satélite?
Cometa?
Estrela?...

Terá sido estrela
E vive hoje troncha?

Dijanira não foi nada disso.
Dijanira não é nada disso.

Dijanira é um sinal dos tempos.

Dijanira é um versículo
de um apocalipse suburbano.

O SANGUE E O CORPO

Enquanto soavam os ecos
dos sinos da eucaristia,
eu lembrava da luxúria
dos anjinhos enroscados
em ouro e madeira.

Ai, quanto prazer
naquela procissão de rostos
pintados à imagem da candura.

Eu, menino,
gostava mesmo é de cantar
e brincar de compenetrado
sentar e levantar e ajoelhar
sem ter porquê.
E imaginar os padres de cueca
e as freiras de combinação
— será que raspavam as xoxotas?

Eu gostava
era de prender o riso
de vontade de mastigar
o sangue e o corpo.
Gostava do cheiro
da madeira dos bancos,
das paredes grossas e frias,
do chão gasto.

Gostava de pensar
que eu era bom menino
e que não havia castigo
para os meus pecados
(visto que saíra impune
de pensar nos pentelhos
da professora de religião
— e bem ali, diante
do corpo e do sangue).
Gostava de pensar
que Deus
era o velho chefão
daquela brincadeira
de não brincar.

BRUNO BORJA

é poeta e professor universitário. Integrante do coletivo Balalaica — coletivo de poetas para intervenções poético-políticas. Organiza a Oficina de Jogos Poéticos (em parceria com Lucia Helena Ramos) e tem dois livros de poemas publicados: *Em Cada Esquina* (2006) e *Versos Vermelhos* (2010). Professor da Universidade Federal Rural do Rio de Janeiro, no Instituto Multidisciplinar de Nova Iguaçu. Pesquisador do Laboratório de Estudos Marxistas (LEMA-UFRJ/UFRRJ), com pesquisa nas áreas: intérpretes do Brasil; e cultura e desenvolvimento econômico e social.

ESCRITÓRIO DE GALA

Para o Sarau do Escritório

as águas rolaram
e lavaram a encruzilhada da cachaça
inundamos a lapa de poesia

no sarau se encontra a cidade
a rua se encontra no sarau
artista travesti
poeta morador de rua
ambulante dançarina

batendo cartão
batendo calçada
batendo esquina

fazendo verso
comprando briga
vencemos a chuva
a ordem
a polícia

rua

é uma palavra

pulando

de dentro

da boca

da noite

PEDRO AMÉRICO SUBINDO O MORRO

degrau.
ladeira.

paralelepípedo.

um homem passa fumando.
uma mulher volta pra casa
do trabalho.
a vila conversa, atrapalhada
pelas buzinas. interrompida pela rua.
atravessada de motos e faróis.

o pastor grita
grita alto porque sabe:
deus não escuta.

no entanto, a vida prossegue.
a vida prossegue sem trauma.
na feira.
nas casas.
nas meninas e suas pernas de ladeira.

tudo funciona.
menos o telefone público.

METRONÍMIAS

I.

o vagão da meia-noite é solitário
o último trem
alguns abandonam
saens peña – botafogo
trajeto privado
íntimo
suspeito
os poucos e bons da madrugada

ilhas de solidão
no transporte coletivo

II.

tenho pena dos pássaros engaiolados nas estações
do metrô cantam tão mal
sofro junto deles

III.

carne e aço rasgando a metrópole
corre gente nas artérias
corre grana pelos trilhos
mais uma catraca sem serviço

camarada,

tenho planos subversivos
versos cartas bombas
coisas de matar
e de fazer morrer

te espero no bar

venha armado

DANIEL BRAZIL

se entranha na literatura para além da escrita. Publica em blogs, administra um site, organiza zines e planeja uma revista. Andou editando umas novelas com o Bando Editorial Favelofágico, com quem também publicou dois contos. Na Literatura de Gaveta guarda alguns poemas e edita alguns envios. Às vezes se joga num sarau, mas se sente velho pra acompanhar os movimentos da poesia de rua. Não resiste a uma banquinha de livros, a um evento literário e a um bar, onde observa o que o faz beber e bebe o que o faz observar.

AO BAR MAIS CORRIQUEIRO

A rua é o meu par,
É o meu desvio.
Na rua me permito
Flanar desengonçado.
Olho tímido pros lados,
Pro caminho.
Atravesso entre mulheres,
Mendigos, carros.
Tropeço em cones,
Piso em buracos.
Nauseado aspiro os odores das lojas,
Das lanchonetes,
Que parecem fugir desesperados,
E sigo
Sem roteiro e sem rota.
No bar mais corriqueiro
Me oculto, me abrigo,
Me embriago.
Só então me dispo de mim,
Das minhas anedotas.
E me entretenho com o ir e vir,
Com os encontros e azáfamas,
Com a vida engordurada
Igual a essa linguiça, a esse pastelzin,
E morna como essa cerveja
Que (depois da saideira)
Me teletransporta pra casa
E não me deixa recordar.

VITAE

Labora desde o instante que antecede
O instante que se entende como gente
Cantando como se estancasse a fome
Da aurora à alvorada ou vice e versa
Versando cada lata, resma ou resto
No tempo tão escasso quanto lento
Seu cheiro de tão forte é quase sólido
E sua força ictérica sustenta
O fardo, o nojo, as marcas, os amantes
E o destino ruminante do seu ventre.

PARA CLARICE SEGUNDO DB

Acostumado ao que me degrada.
Me desvio como barata
De vassouras, chinelos, gatos.
Resisto a inseticidas.
Às vezes até provoco algum pavor.
Mas, sujo, infectado,
Nada me dignifica.
Infesto minha vida de mim mesmo
E culpo o outro.
Até que a vida, feito formiga, me carrega,
E então me sinto doce.
Mas não sou doce,
Nem coisa alguma, nem um nada.
Sou pior que uma barata.
Tenho pernas, mas não asas.
Não resisto à falta de alimento.
E vivendo sigo
À espera de Clarice que nos coma.

CONSTATAÇÕES AMARELAS

A cerveja aperta o gorgomilo.
A menina passa.
O amendoim também.
Amarelo milho.
Amarelo massa.
Amarelo desdém.
O vento derruba a provinha intocada.
Ela volta
E alguém a dispensa antes que eu reaja.
Amarelos os olhos dela.
Ou talvez sejam os meus
Que andam vendo tudo monocromático,
E pastoso, massudo, líquido.
Por que me acostumei com essa rotina
De bocas tão indiferentes,
De tantos eus, tanto alarido,
Tanto entusiasmo?
Por que tantas vidas tão ausentes?

Meu estômago não quer mais aceitar nada amarelo.
Mas meus olhos teimam em lhe mostrar.

Amarelo táxi
E eu chego em casa.
Amarelo vômito
E a menina se apaga.
Amarelo sono
E eu nunca sei quando irei acordar.

35

Trinta e cinco
E ainda insisto em virar as coisas.
Viro as noites rotas e antevistas
Fechando os bares,
Abrindo as padarias.
Viro a página sem ter lido.
Abro o Word...

|

|

|

Desisto.
Perco a ideia. Afasto o note.
Penso em voltar a página.
Mas, de longe, fito aquele que desde a juventude
Se transluz, alfarrábico, tentando me seduzir
E que eu sempre passo ao largo.
Mas agora o fito
E entendo porque nunca o quis.
Viro a cara.

Não sei o que mais me deixa tonto:
Essa bagunça, essa ressaca
Ou a sensação de estar envelhecendo por fora
E estagnando por dentro.
Viro as costas
Pra quem fui
Pra quem me deu sustento
E me reviro por isso.
Viro um copo, uma taça
E assim, continuo
E assim,
Não mudo

|

|

|

Nada.

DIEGO BARBOZA

formou-se em Letras pela UERJ. Vascaíno. Mora em Maria da Graça. Joga no bicho porque confia e arrisca na música porque é teimoso. Escreve menos do que lê. Bebe mais do que escreve. "O beijo da vida tem o bafo da cachaça mal dormida de ontem" é um verso filho de um porre. Não poderia faltar um deles por aqui.

CONSIDERAÇÕES A RESPEITO DE UM PORRE NA PRESENÇA DE UMA CABRA

Decidir tomar um porre sozinho vai além da solidão
é um ato de coragem

Prepare duas horas antes:
Os poucos dinheiros e muitos planos
Vírgulas eternas sobrepostas em horários alicianos
Loção pós-barba
Preservativos na carteira
quase sem validade
Preservativos e carteiriças
A escolha do bar
com delicadezas sonoras e bregas
Traz-se também a vitória de ignorar churrascos
Ignorar família
e o tesão da meia-noite que precisa ir embora
[à francesa e à la carte

Discuta consigo mesmo todas as possibilidades
de não conseguir a si mesmo
Entre tabelas de campeonato e geladeiras cheias
[de si também
Invejas quase canalhas de taxímetros adulterados
Prostitutas intactas
Cachorros magros de ruim
e pessoas gordas de saudades

Garçonetes sonolentas e seus quadris largos
perfeitamente encaixados no esquadro
E Deus...
acariciando sua nuca entre o vômito e a calçada
sussurra calmo
como uma criança abusada:

— Eu existo, seu babaca!

MON BIJOU

Todo filho da puta
merece pelo menos dois dias de solidão na semana
ou oito horas
negociáveis...
Uma sesta.
Três presentes de aniversário durante a vida
e ao menos uma camisa razoavelmente bem dobrada.
Qualquer filha da puta merece alguma lembrança
doce do passado.
Um amigo jamais perdido.
Outro chato
e também uma senhora doce e casada
que entre pileques de licor de tamarindo e estricnina
sussurrava:

— Vou me casar contigo...

Certos filhos da puta merecem até um copo d'água —
coisa que não se nega nem para a pior das inimizades.

Sem esquecer de uma noite ou outra de sono
[tranquilo.

Cada filho da puta merece ao menos um bar
[e uma casa,
ambos com pernas e saias e baratas e um balcão
como travesseiro.
Um retrato da seleção campeã.
Algumas fotos do natal de 87.

Uma coisa pequena roubada.
Todo filho da puta merece uma linda mãe e seus
[discos do Roberto.
Um pai pescador.
Um irmão mais velho.
A voz triste da vizinha e suas artroses.
Sim... ele merece!
E deixemos de lado o que se passa com o resto.

DUAS ORELHINHAS

...Mas quando as orações não são mais ouvidas
e o tempo de chorar calmo se acaba
um pai ensina o filho a dar nós nos sapatos
enquanto um grito cheio de polegares fracos aperta o
cadarço:

— Duas orelhinhas de coelho... uma voltinha... duas...

Calmo...
A paciência do mundo não aguarda.
Um copo quebra em Quebec.
Alguma senhora tropeça na escada.
A solidão dos Himalaias consome os homens de frio e
escaras.
A tristeza do bar consome os homens com gases.
O peito dói.

— Uma orelhinha de coelho... duas...

Alguma simpatia que funcione nos antipáticos.
O fígado falha.

(Os carros são espantalhos que a gente pode tirar
[pra dançar)

Uma velha caiu
Na escada
Não amarrou os sapatos.

A paciência do mundo não aguarda.

Uma orelhinha... duas...

CARTA

Pois bem,
a poesia não entende a vida.
Não entende a menina que enverga por um novo amor.
Não entende o homem e nem tão pouco seus
problemas de fígado.
Não entende a vesga que limpa os óculos na blusa e
calcula o preço
de um vestido de noiva que nunca vai usar.
A poesia não entende a carta mal escrita por Pedro
e enviada para Antônia que nunca deu bola para os
encontros consonantais.
A poesia não entende que Mariazinha é um erê tão
bonito.
Que existem padres que rezam belas missas.
Crentes cheios de esperança
e talvez ninguém pra escutar.
A poesia não entende as chuvas sem graça.
Cantinas de escolas vazias.
Pensamentos obscuros de morrer de alguém que
nunca foi poeta.

A poesia não entende promoções de rádio
e nem a fila da carne no supermercado lotado.
A poesia não entende as rodas bonitas nos carros
[feios.

E nem a dor de perder um parente que só encontramos uma vez
ou duas...

A poesia não entende o dormir tranquilo depois do final da novela.
A poesia não entende a vida
e a vida não liga...
Segue sorrindo como Brigitte Bardot.

E QUANDO A BOCA RACHA O COPO

Para o amigo Rafael Maieiro

A segunda-feira é minha igreja
onde saio orando pelos bares procurando o Deus do
porre
(Garçons-papas e putas com olhares marianos)
E como os gatos brancos
— de rua —
sempre brancos?
Eles lambem chagas e cirroses
enquanto no meu peito passa uma procissão de
conhaques
88 aves de felicidade
e sigo ajoelhado em milhos de tremoços

FABRÍCIO GONÇALVES

é graduado em História pela Universidade Federal Fluminense e mestre em Teoria Literária pela Universidade Federal do Rio de Janeiro, onde defendeu dissertação de mestrado *O Louco de Deus e o Anjo da História — surrealismo, mística, tempo messiânico e escatologia em Murilo Mendes* junto ao Departamento de Ciência da Literatura da Faculdade de Letras. Atualmente, trabalha como professor de História e Literatura. Mas é, sobretudo, boêmio profissional, equilibrista de copos e versos. E há anos termina um livro sobre o Bardo da Muda: Pequeno Circo Íntimo — Aldir Blanc e os pivetes da cidade.

HUMILHADOS E OFENDIDOS

Para Aldir Blanc

Não, meu coração não é maior que o mundo.
É bem pior.
Num armazém imundo,
treme nas mãos de vagabundos
que, entre a cerveja e o vinho, humilhados,
vomitam entre secos e molhados.

FLORA TARU MIM

é editora do Bando Editorial Favelofágico, amante das línguas e aspirante a drag queen. Nascida no bairro das Laranjeiras optou por chamar de lar a Zona Norte da cidade do Rio de Janeiro, onde cultiva valores e afetos.

só

sossego
quando
esse
saco
solto
soca
minha xota
rosa goza

JHONE CARLOS

é professor de Letras, graduou-se pela UERJ. Saiu da esquerda do Rio para a esquerda do mundo, onde a luta é mais dura. Canta e arrisca compor alguns sambas. Rubro-negro, não se diz poeta, mas escreve poemas. No Carnaval faz as vezes de baiana e de diabo.

O HOMEM-CORAÇÃO-DOS-OUTROS

Carlos, sossegue, o amor
É isso que você está vendo:
[CARLOS DRUMMOND DE ANDRADE]

I

O homem-coração-dos-outros
não sente dor, não sente vontade,
nem sente amargo o gole da cachaça.

Seu medo não é seu, não são
dele os seus problemas-demônio,
o homem-coração-dos-outros nem viu
o filme do Carlitos, nem chorou a morte
de Diadorim.

A filosofia do copo é categórica,
o bêbado é o único rei possível,
e sua glória dura tanto quanto o seu reino puder
beber.

Barriga morna encostada no
vidro do balcão é palco da subversão.
Alcóolica. Pura política reflexiva.

O que incomoda mais o homem-coração-dos-outros?
Será a falta de fidelidade ao prazo?
A falta de comida no prato?
Nunca ter saboreado arroz com pato?
Ou sua vida se parecer com o lamaçal do pasto?

O homem-coração-dos-outros...

II

Mas não foi o amor, não foi sua teimosia,
não é por ser valente, nem mesmo por ser covarde.
Ele, que é pobre com dez salários,
que é rico com um e cinquenta.
Que leu meia dúzia de artigos pra acompanhar
[o cigarro.
Não pode reclamar da amargura
e da sua própria derrota moral.
Apanhou no combate, teve interrompida a carreira,
perdeu a fé.
Pouco a pouco o tempo o convenceu
de que o futuro é como a noite.
Só aquela poesia salva o homem do coração
[dos outros.

KARINE TELES

é atriz e roteirista. Seu papel de maior destaque foi como Bárbara no filme *Que horas ela volta?* (2015), atuação que lhe rendeu a indicação de melhor atriz coadjuvante no Grande Prêmio de Cinema Nacional. Atuou e roteirizou, junto com Gustavo Pizzi, o filme *Riscado* (2010), recebendo os prêmios de melhor atriz e melhor roteiro em Gramado, além do de melhor atriz no Festival do Rio. Com seu último filme, *Fala Comigo* (2016), recebeu os prêmios de melhor filme e melhor atriz no Festival do Rio. Karine escreveu também o ainda inédito *Benzinho*, que tem estreia prevista para 2018. Seu curta *Otimismo* estreou no Mix Brasil e faz parte da programação do Canal Brasil e seus próximos roteiros a serem filmados são *Gilda* e *Regra 3*. No teatro, com 25 anos de carreira, já esteve em mais de 30 espetáculos. Neste livro, pela primeira vez em público, se arrisca como poeta.

PEDRAMAR

não posso amar
uma pedra

mesmo sendo água toda

envolvo-lambo-lapido-lavo

e não amo

o jorro quente do afeto bate e
e
s
c
o
r
r
e

infértil:

PEDRA-PERDE
esvai

não sou água mole de bater até furar

s u ~ m r
o a

de mergulhar

não insisto
existo e deixo entrar
até estouro onda, explodo em espuma
e estrondo
grito em ressaca
e assombro
ou
encanto
pra quem quiser

...olhar...

sou mar-pessoa e posso vazar
pelos olhos

marejar
maré-gente
encher
esvaziar

espero
mudo de lugar
encho, dói-fala
falo
gozar

água-mar
pedra não ama, pena

pena

mar só precisa de um

A

rá!
ah!
ah!
ah!
ah!
ah...

Eu,

~

desejosa

~

mar

~

KATYUSCIA CARVALHO

nasceu no interior de Pernambuco, com as águas de março de 1977. Graduou-se em Letras. Lecionou intensamente enquanto viveu no Brasil. Emigrou por amor. Tem poemas publicados em diversas revistas literárias. Participou da antologia *Blasfêmeas: mulheres de palavras*. O primeiro livro, *Vermelho Rupestre*, foi publicado em 2015 pela Editora Patuá.

CREPITAÇÃO DOS POROS DA TERRA

Quanto mais aberto ao interior
das coisas

mais flores de fome nascem

mais pele
de trigo carnal, mais febre

nesse corpo de cama de capim

ECLÍPTICA

Como se puséssemos os dois pés fora
de qualquer lugar onde o chão
fosse possível

E não soubéssemos cair

LÉO HAUA

faz versos todo dia, que ora vira no copo, ora desvira na folha.

SÓ ESTOU DE MADRUGADA

Aqui onde estou,
tudo lhe dá medo, entendo.

Só que esse escuro brilha,
Colorido de luzes e versos —
imagens cantadas por um inútil.

Não despenco num vazio.
Nado, livre, na densidade do fim.

É tudo muito.
Vou levar comigo só o infinito.

Post scriptum:
mas para a senhora das madrugadas,
a última do carnaval, deixo as palavras que ganhei de
um camarada de vadiagem:

"Meu amigo sorri todas as bocas da Rio Branco
[na noite de carnaval.
Transpira toda filosofia da humanidade e se banha
[no desejo de cada corpo.
Goles largos afagam sua razão, seu coração
[transborda pelo mundo.
Às 5h da manhã grita o desespero de todas
[as gargantas, acolhe
em seu dorso todas as feridas.
Ansioso corre atrás de colos ou de lutas.
Por vezes passa o dia na esquina, na fissura
[de outra madrugada
e escreve mais uma canção."

DEVORADOR DE LIMITES OU MARIONETE DOS DESEJOS DA MADRUGADA

Não há horizonte.
Não há paixão, nem dor, nem tesão, nem qualquer
[coisa que se mova.
Na sarjeta há um copo e só,
como um desafio.
O Lobo é sedento por utensílios de
qualquer coisa
ou paralelepípedo.

A primavera não veio e resta esta mesa de bar
[como Universo.

Aquele ali, o mais bêbado, rege o espaço
batucando com o dedo nos vidros do balcão.

[Tamborim]

E eu-não-eu, o Lobo.

O garçom, meu Deus,
(!)
É um deus!

Me pergunta:

— Consumir tudo pra se tornar escuro?
— Os versos envelhecem os músculos —
respondo.

Porra, Maieiro,
devo ser este copo em riste e estes olhos tortos...

LUIZ GUILHERME SANTOS

37 anos, é cientista social e professor da escola pública, que faz da educação de jovens das camadas populares o seu desafio de todo dia — mesmo que ainda não saiba o que realmente quer da vida. Mais preocupado com os outros do que consigo mesmo, compreendeu com a maturidade, revelada na ausência de cabelos e na barba branca, que o mundo pode e deve ser transformado. Uma mente inquieta destilando amor e tentando fugir de caixas apertadas.

A CAIXA APERTADA DE ENZENSBERGER

Hoje, é o ódio que me mantém vivo.
É o ódio que me faz levantar todas as manhãs.
Ódio contra aqueles que me exploram, ódio contra
[aqueles que me golpeiam.

Amores... nunca tive.

Tive e tenho pessoas que me fazem bem.
Mas não amores.
Esses, nunca vieram.
Não que eu não tenha ido em direção a eles.

Fui.

E dei de cara na porta.
Sofri.

Talvez seja por isso que o ódio é que me mova.
É no ódio que estão as minhas histórias, minhas
[rugas, minha barba branca.

Quem tem ódio, não tem medo de morrer.
Quem tem ódio, não tem medo de matar.
Minha morte virou mercadoria, minha morte
[virou lucro.

Mas esse ódio me adoece, esse ódio faz eu me drogar.
Se por um lado, ele me move, por outro, me deixa doente. Prazeres.
Não mais os tenho.
O que era prazer está virando fardo.

Sinto-me cada vez mais dentro de uma caixa apertada.

Preciso de fôlego, preciso de luz, preciso gritar, preciso de liberdade, antes que o ódio me mate.

MANUELA OITICICA

Manuela não sabe bem o seu nome. Em versos-de-canção é Trindade. Em versos-de-papel, Oiticica. Manu da Cuíca é para quando chega o carnaval. No meio dessa bagunça teve 12 músicas gravadas, um musical encenado, premiações em dois festivais e oito textos, entre contos e crônicas, publicados em coletâneas. É filha de uma meia-ponta com um ponta de lança.

UMPLA

Que o vazio enrosca o pescoço de abraço, ombro
[escorado em
ar de chumbo. Ficam enfileirados em cadeiras
[de bar a louca, a
velha e alguém já rouco de berrar pra dentro
Tempo emperra do corpo que pergunta, de planos que
perguntam, a viagem
despensada. Noites feitas de sábado

Perguntam desejos, o gozo arrancado das próprias
[mãos.
Cintura quer mais é ser enlaçada e acordar
[preguiçosa

A calçada de casa pergunta: quem mais vem aí —
[pergunta o sol
amornado quem mais te acarinha as costas
[o rosto alagado de
silêncio]. Nem espaço ou ficção. Sentimentos
[esquálidos ou a
ausência que exaure como beijo

jogado fora

Gozar como quem bebe sem sede, esperar passar,
[mas sem
vontade do drible

Deixa bater: já nem arde. Estéril, o gesto é mecânico
[na alma
sem fome. Que tem à beça.

E aí não têm mais.

Deixa morrer o inseto virado ao contrário

Mas chorar enfeita a dor de pingente — catarse
[promete e não
entrega

ternuras

ÁGUA ESCURA SE VÊ COM AS MÃOS

Entre palavra e silêncio
Melodia
Vai que a partitura tropeça na cena
— ficasse sem voz, tipo braços à mostra
Tipo ideias na sopa

Ar é o que se estreita na cintura de trompetes

A voz arredonda
De não furar a sombra da vela
No instante cru do silêncio
Palpando café na boca

(Diz-me teus ruídos, teus ruídos — a parte de dentro das palavras)

MARIANA BLANC,

é jornalista, copidesque, roteirista, tradutora, programadora visual e consultora editorial. Resenha jornal de véspera. Cria desvios e samambaias de varanda. Alcançou o auge da carreira literária ao se tornar avó do Danilo, para quem nunca conta a mesma história duas vezes. O que ela queria mesmo era ter escrito *A bolsa amarela*, porém nem de longe nasceu com cacife pra tanto. Veio parar aqui por ser suburbana, boêmia e encrenqueira. Como se vê, praticamente uma distração dos editores, que a deixaram sair do sótão um instantinho. Mas não se preocupem. Dessa vez parece que soldaram a porta.

THROUGH DROWNING

Detrás da janela do terceiro andar
marchavam os lírios
em hipnose
pelos campos cegos do delírio,
cruzavam arais de sombra,
avançavam
em carne viva de sal.

Pelo corredor
sussurravam as teias de aranha,
monocórdias e fatais
como a vinda
de outra noite,
dolorosas como hibernar,
náufragas do tempo.

Lágrimas de gafanhoto
e visco do silêncio
das cigarras

desgrudam-se
das paredes
e ouvem-se
raízes claustrofóbicas
condenadas
pelas sementes
a não ser galho
jamais.

De um
lado
de outro
canto
de dentro
luz.

Foi quando,
num gesto simples,
ele fechou as cortinas.

INCONFESSÁVEL

E não mais falar nem ouvir.
Nem justificar, nem perder.
Nunca mais chegar,
que só chega quem parte.

E viver na sombra da tua mão
rescender diante do seu olhar,
depois de cada morte,
baile eterno de Tanatos
rodopiando Eros ao som da ausência,
da fúria,
do desvario,
nunca devolvendo o que tirou pra si.

E jurar pra sempre,
mentir que sim,
calar que não.
Esquecer as horas, ceder insone,
soltar amarras zarpando às cegas,
honrar o nome do teu nome,
todas as madrugadas são tuas,
o coração é meu,
o risco é nosso,

e teus serão os dias,
o tempo roubado,
cada instante é acendrado
em beijos de ardidez,
e vão sendo feitos teus
todos
os
minutos.

DESMENTIDO

Ele transforma meu tempo numa eterna contagem regressiva. Retém meus delírios sequestrados num fastio congelado entre a coragem e o perdão. Faz-se de brisa úmida pra me confundir a primavera e encher de invernos meu coração. Sopra melodias de grilos dentro de realejos, explode jabuticabas doces da sua boca pra minha, injeta promessas de calafrios, afirma-se pela pele e desmente-se em ausência. Faz meus minutos evaporarem a cada fôlego que eu não consigo nunca recuperar. Ele é o cio da minha fêmea, o cisco no olho esquerdo, a violência da minha legião, a cria recém-nascida que não vai vingar, o barravento do meu cavalo, a vela da iaô. Eu me rendo em véu e aldeia. Ele acena condição. Eu comungo tempestades. Ele afaga mansidão. Eu adestro impropérios. Ele me toma pela mão. Ele é o meu Inferno. Eu sou o seu Cão.

ARRITMIA EM PÊNDULO

A cada passo
do meu caminhar,
se eu me perco
ou se me acho,
sei que só faço
o que mandar
o meu feitio.

A cada respirar
do meu impulso,
se é profundo
ou mais suspiro,
sei que só desfiro
o golpe justo
do nosso vazio.

A cada grito
inesperado,
cada desamor
propositado,
cada manhã arruinada
por outra noite mal curada,
eu desmancho mais
e te quero mais,
matando todos os meus dias,
esperando, acorrentada a cada instante,

que o teu amor inconstante,
ainda que hesitante,
venha calar o pranto incessante.

A cada arroubo
inopioso,
cada ceder
virtuoso,
a cada silencioso martírio
atado ao beijo ausente,
eu desvelo ainda,
prisioneira ainda.
Batendo no peito um relógio
que conta o tempo pra trás.
Boquiaberto,
o coração cedeu espaço incerto
pra um tique-taque deserto.

A cada batida
monocórdia tento
aceitar o meu destino assustoso
— quiçá só um mal
pressentimento:
ainda vou morrer de amar
mais do que aguento.

SORRATEIRAMENTE

A água da chuva verteu pelo peitoril da janela aberta, escorreu pela cabeceira da cama logo embaixo e encharcou o carpete novo. De azul-celeste-novos-ares, ele passou a azul-noite-todo-manchado. Aspirador. Secador. Desumidificador. Limpador. E a mancha lá. Abriu a janela, rezou pra ver Sol, entrar calor. Calor dias. E a mancha lá. Um mês sem chover, e ela continuava fechando a janela todo fim de tarde, dormindo abafada no cômodo fechado, pra não aumentar mais a mancha, vai que chove outra vez. Até que, outra noite, certa que-foi-isso-de-repente noite, uma cigarra pousou no parapeito. Magnetizada pelo céu estrelado e pela ideia do dia radiante que viria, deixou a janela aberta. Despertou no meio da madrugada, com o som de uma chuva torrencial. Assistiu aos últimos pingos batendo na cabeceira, depois no rosto. O carpete, azul-arrependimento. A cigarra jazia morta no trilho de alumínio: também tinha sido traída — com um golpe de chuva, no quarto de dormir, pelo Coronel Retaguarda.

RAFAEL MAIEIRO

é botafoguense e trabalha como jornalista. Vai rabiscando seus versos por aí. Às vezes tira uma onda de letrista, mesmo sendo a pessoa mais desafinada que conhece. Publicou dois livros de poemas, *Descursos* (2010) e *As cores, a pedras e o tempo* (2016). Também foi organizador e coautor da coletânea de contos *Rio de Janeiro: alguns de seus gênios e muitos delírios* (2015). Rabisca com a mão direita; chuta com as duas pernas. Mas bebe com a mão esquerda e é canhoto na vida.

UM FANTASMA BÊBADO MIRA O ALVO COM UM ESTILINGUE; TENDO COMO MUNIÇÃO UMA AMÊNDOA

bebi como quem corre pra
dentro
como quem foge de um ponto
                                        mergulhando
                                        no
                                        ponto
tentando inventar asterisco

andei em reta fina de paradoxo

SONETO DE BUTECO[2]

Sente-se e engula seus copos de pinga.
De breve uns dez, assim resolveremos,
No trago por trago, nada — ou menos.
Bêbados, no fim a noite nos vinga.

Ovos, virem-se de um aborto à liga!
Copos, flutuem-nos para não crermos!
Garrafas, encham-se de não perdermos!
Vida, não se faça nossa inimiga!

Anteontem o corpo da patroa,
Sóbrio, pergunta o valor do dia.
Hoje, entre mil bafos, trôpego, voa.

Agora, vamos todos, assovia,
Grita vadiagem, toda, vai, entoa:
— Chupemos a buceta mais vadia!

---

[2] O poeta gostaria de lembrar, considerando o aumento da fascistada de plantão, que cada um chupa o que der na telha: piru, buceta, cu, etc. Ou seja: a escolha no foi poema foi por "buceta". Mas de uma boa vadiagem sai homem chupando piru, mulher chupando buceta e vice-versa-e-ao-contrário-de-cabeça-pra-baixo-vezes-cinco.

ESSA VONTADE FILHA DA PUTA

O que eu faço quando vem essa vontade filha da puta
[de te ligar e dizer eu te amo?

Encher o pote não adianta,
tocar uma não adianta.

Mesmo assim eu bebo e toco uma,

mas...

O que eu faço quando vem essa vontade filha da puta
[de te ligar e dizer eu te amo?

Sabendo que você está apaixonada
pelo cara mais politicamente correto,
segundo o Manual da Praça São Salvador.

E eu ainda cheio de vícios de Anchieta:
amor, casamento com cerveja gelada liberada...

Mas...

O que eu faço quando vem essa vontade filha da puta
[de te ligar e dizer eu te amo?

PSICANÁLISE & PORRE,

mas...

O que eu faço quando vem essa vantagem filha
[da puta de te ligar e dizer eu te amo?

POETA MACHÃO

Amei um daqueles poetas bem filhos da puta,

que

escreve o mesmo poema pra mulher e pra amante
e, quando é corno,
jurando amor eterno,
diz:

— Vou me matar!

Mas daqueles bem filhos da puta mesmo —
pede dinheiro emprestado para ir ao mercado, vai
[pro puteiro
e mente:

— Fui furtado!

Daqueles que de tarde
enche a cara
pensando em ter filho
pra dar jeito na vida
e
de noite
exige o aborto.

De um tempo pra cá,
de vez em quando dou pra ele.

Assim ninguém desconfia que sou amante da
[sua esposa.

LXXI — CRIME SEM CASTIGO

Dorme, filho da puta!
Dorme como quem atrasa aluguel.
Hoje não paga, amanhã não dorme
e depois nem Deus sabe.

Paga...

Hoje é dia 5 e ela não gosta de 7.

Paga a porra do mercado
e paga a cerveja
e paga a porra da conta de luz.

Só não compre os amores e nem os amigos.

Paga, vai... Desse jeito, paga,

FILHO DA PUTA!

Paga o gelo no copo e nunca o dos homens.

Tá vendo aquilo ali?

É um velotrol
e ele anda mais rápido do que a utopia
dos velhos.

ROBERTO DUTRA JR.

é carioca, suburbano e etílico. Já escreveu artigos acadêmicos, foi editor da revista *Escrita*, e contribuiu para o jornal *Panorama da Palavra*. É colunista regular do blog literário *Zonadapalavra* (wordpress). Colabora com a revista eletrônica *Mallarmargens* e faz experimentos foto-poéticos (@robertodutrajr). Alguns de seus poemas foram publicados na antologia *Escriptonita* (Patuá, 2016). Leciona na clandestinidade, oferecendo conselhos literários em botequins do Rio, a quem lhe encher o copo. Kampai, Bashô & gelada é seu brinde.

UM PORRE EM CINCO HAICAIS

memórias que a vida
serve são bem dissolvidas
espuma a bebida

*

invisível névoa
incêndio branco na boca
pinga assim é boa

*

homens e idades
o milagre do meu cálice
consagrar verdades

*

não vejo mais nada
alma presa na garrafa
lua irritada

*

nem lagoa ou sapo
Bashô na mesa de bar
esquente o saquê

SANDRO FÉLIX

nasceu nos idos dos 70 do XX — talvez convenha situar melhor o pós-escafandrista das loucuras dos homens e mulheres do mundo antigo —, na ainda área rural do Rio de Janeiro. Filho de mãe, de avó e de pai, estudou em escolas públicas sob brumas e estranhos sóis. Formou-se em Melancolia Sistemática, na Vida, e estudou algo de Potência e de Espanto, na UERJ. Graduou-se em Letras e sobre elas faz pós-estrita, na UFRJ. Trabalha como professor de Falas Várias e Incertas no Sistema Público de Signo Dentro.

BANDEIRA DO ORDINÁRIO

Está guardado o que sou,
O que passei, vi, senti...
E tudo, opacidade e afonia,
Tentando-se translúcido
Nas tramas em papel.
Em nós demudados,
Lanço extensidades:
Vicissitudes, desastres, brevidade da vida,
Prazer, belezas inventadas, estranhos efeitos...

Condição do humano:
No uso de substitutos,
Bulir com a vida,
Transtornar as coisas.
Palavra.

META

Escrevo,
Meta recriação
Refratária da vida...
E, no entanto,
Devir em ato,
Se lida,
Se tanto,
Se fato.
Mas, eu e o mas!,
Em terna mirada,
Garatujo na lâmina,
Útero da árvore,
Gentes e pássaros:
Depósito de cheiros
No silêncio.

INFIXO

1

Assim como os versos de árvore e dor
Depositam sons no corpo encantado
Assim as cores contemplam
A existência da cor única.

2

Tempo
Ledo deus
Medo
A morte à vida cedo
Tempo passa e
Nos envelhece
É a decadência
Passa e resolve
Destrói a resistência
Mas é a própria resistência
Trânsito indiferente à existência
Afina minha fina retina
Observadora da vida
De seu reverso, de seu verso
Retina fina que já atina
Com o início e o fim
Do amor, da beleza,

Da dor, da tristeza
Retina viva de olhar que jaz
Jaz por não perceber
Que o fardo fóssil será novo
Vida e morte o tempo traz
Nascer, crescer, reproduzir (se), perecer...
E o ciclo indiferente a tudo se tece
Gestando macio ou em sovas
Arresto do princípio e do corte
Em tempo.

3

Roseira desfolhada pelo arresto
Face da grave pedra, rigorosa;
Faça sentir ao peito que não sente!
Ali, há de saber, engenho e arte.
Por isso nem vou por ali.

4

Silêncio!
Afonia grafada
Agonia sentida
Corpos e copos suados
Em cantos e beiradas.

VINÍCIUS "MARU" PITANGUI

é defensor destemido do alcoolismo de fim de semana — o que pode se estender a semana toda se a grana permitir. É professor de inglês, intérprete e pesquisador de ESL "para garantir duas refeições por dia". Nascido em Bangu, hoje mora em Madureira, "em algum lugar entre a Tradição e a Portela". Em literatura, acha Fausto Wolff melhor que Bukowski e que Hemingway foi quem melhor juntou palavras no Planeta Terra. Ganhou o apelido de Maru de seus companheiros da UERJ por causa de uma batidinha de maracujá que entornou dois anos seguidos "por gosto, vocação e dureza". Maru acredita piamente que existe uma poesia escondida entre o samba e o salmo, e que alguém vai encontrá-la. É vascaíno demais.

MINHA CACHAÇA

Meu amor pode nevar em janeiro
Ou ferver em julho
Não são os fatos que contam:
Vem minha cachaça e convulsiona tudo

O DA MULHER QUE PULOU DO 11

E se cai sobre mim a suicida
Cansada das perfídias do marido
Esquecida da amante que ela tem?

E se cai orfanando dois meninos
Um que morre de amores pelo traste
Um que usa as roupas que ela tem?

Pondo fim às minhas noites de conhaque
Pra mostrar ao mundo a dor que ela tem?

DO AMOR VIOLENTO

Meu amor é para mim qualquer coisa de perigo
Como um aviso, dança dos elétrons dentro
Do fio, como pisa de mãe dentro da gente
Lembrança ressurreta, exortação peganhenta.

Parece que falo mal do meu amor
Leitor, agora revendo a estrofe de cima.
Cabe até parar de ler quem nunca ouviu
No fundo a sereia cantar, no fundo da baía.

Mas é que ele traz nos olhos uma promessa violenta
Eis nosso assombro, leitor, a galope pela estrada
[vicinal
Nem cachaça, nem cachorro brabo afugenta.

Queria não conhecer o poder que ele representa
Não enlouquecer à sombra que dele paira
Queria nunca ter escrito este poema.

LÚCIA TICKLISH

Ela entrava
Ela entrava todas
Ela entrava todas as portas
Ela entrava todas as portas quando não
Ela entrava todas as portas quando não treme

Antes, ela tremia.
Como o bêbado na porta da "farmácia"
Como a mãe do filho que mastiga a colher
Como a égua Estrela espantando moscas.

MEU ANO

O meu carnaval, em que Deus põe a mão,
Vem julgar socialite cheirada.
Meu gol de bicicleta, esforço de cada átomo,
Anula, de preto, um recalcado.

E o governo aumenta a cerveja.

ZEH GUSTAVO

é músico e escritor. Faz parte do Terreiro de Breque e do Cordão do Prata Preta. Na literatura, publicou, entre outros títulos, os livros de poesia *Pedagogia do Suprimido* (Verve, 2013; Autografia, 2015), *A Perspectiva do Quase* (Arte Paubrasil, 2008) e *Idade do Zero* (Escrituras, 2005). Em 2012, 2014 e 2015 foi um dos organizadores do FIM (Fim de Semana do Livro no Porto). Em 2014 seu livro de contos *Eu algum na multidão de motocicletas verdes agonizantes* (inédito) venceu o Prêmio Lima Barreto, da Academia Carioca de Letras. Mais informações: www.facebook.com/zehzeira. Contato: zehgustavo@yahoo.com.br.

SAMBA BLUES MANTRA EX-MACHINA

Não, amigo, as coisas boas não vão se repetir
virão outras, de maior ou menor risco ou riso
a maioria talvez mais degradantes
não adianta pedir
não implore a um deus cabaço que já morreu

Nada vai ficar bem, não insista
não esmole na porta de um inferno
chamado céu, chamado seu, chamado sem
só existem as dores e os anestésicos
a dor e o vinho
a dor e o sexo
a morte e o amor

Quando você tomar a esquina
cante um blues e trema no frio
se estiver calor não tema o cheiro ocre do seu suor
não se discrimine
nem atire nos seus algozes imaginários
com seu canhão de ressentimentos
eles não sentirão por você
eles não estão contra você
só estão ali, como você, em curtíssima temporada
e irão surgir outros
mais e mais

outros
outros
e você aí chapado diante dos fatos que nem um bom
[tolo

Quando você tomar a esquina
batuque um samba com os dedos na perna de calça
[puída
esqueça aquele furo nos fundilhos do pano roto
jamais tema pelos seus próprios fundilhos
eles valem bem pouco, não se preocupe

Dessa vez será só o seu passo na terra
uma pisada no chão
um dente da boca perdido no caminho
e não, isso não é ruim é só a sua vida

Desamarrote essa cara de tacho
se aprume se agarre nos tampões da janela do tempo
marrete seu joguinho aí
prepare outro arremesso
não meça a própria tacada
a próxima cagada
só chute chute chute

UMA VÍRGULA OU UM TRAGO

Para Bukowski

eu sempre preciso beber mais
que os outros
para aturar os mortos

ganho de soslaio meus páreos
e quebro copos de cabeça
em meus horizontes
de noites andarilhas

esmigalho o dia como posso
me equilibro entre
os fios os fiapos e os filhas-da-puta
desta caminhada insana

eu só peço um silêncio que seja
silêncio ou música de verdade
música para ouvir
música que arranhe o próprio ruído
barulhento desta merda toda, baby

eu vou passando, soterrado

o chão que eu piso é só uma via esburacada
por onde transita e cai todo dia
o cão que eu sou
ladro por uma vida qualquer
lambo mais uma birita vadia
e se eu latir é apenas para que minhas pernas
aguentem levar este corpo
este fardo pesado
até a próxima ressaca

FILOSOFIA-DE-BAR ENCONTRADA REDIGIDA NUMA PAREDE DEFRONTE À LATRINA DE UM BANHEIRO MASCULINO DE PÉ-SUJO LOCALIZADO NUMA ESQUINA POUCA QUALQUER DE FINDOMUNDO

"não quero saber a verdade
quero saber sobre a verdade
sob o manto pálido da vaidade
que se finge ver

a mentira que se conta sobre a verdade
pode ser mais verdadeira que ela,
porque julgada imprópria

a verdade é mentida,
há muita idade mente-se e tanto
e a verdade é mantida enquanto

a verdade foi-se
embora

a verdade parte verdinha
de cada boca-ouvido
em estrangulamento
da seguinte

a verdade é cega-surda
muda a mentira nua
e isso é tudo
aquém de entulho
eu vou é mijar"

ENQUANTO A RUA AMANHECIA DE GARRAFAS DEITADAS

I

O enfado reverbera seus musgos.
Credos se ajeitam em companhia a afãs submersos.
Os corpos encontram-se todos alugados para
[mutilação.

Nas mídias sociais, pessoas-apelidos somem
(se esquecem).

As janelas estão abarrotadas, ultimamente.
As janelas e suas grades que prescindem de instalação.

O ar é virtual como os sorrisos amarelos das crianças
que não brincam mais no chão.
O trilho da terra é feito de andores fantasmas.

Pelo feikibuque,
postes-pessoas se curtem,
paredes e olhos vendados,
à caça de *likes* com ou sem laterais.

II

Garrafas de ontem compõem uma tela de afagos
sofrimidos na lembrança, que tecla.

Do lado de fora o telhado dos dias desmorona
endodesmetricamente
e o pano ainda não desce.

O tempo perdura, retumba, percute, tomba. Pessoas-
[apelidos fingem,
dependuradas de seu lugar irreal em autoaçoite,
[tentam fugir
mas sempre é tarde e seu desfazimento já age
[em tudo mais.

ALELUIA

aleluia quer dizer se livrar de uma dívida
conseguir comer num boteco amigo
bater aquele peefe com farinha
gogó molhado numa pinga
conseguir comer uma refeição completa
num país que engatinha
comer e beber
num país colonopilhado e escravofágico

aleluia é não ser alvejado por uma
bala achada do businesse
chamado guerra-ha-ha ao tráfico
(ou ao terrir-hi-hi, se você
é refugião num país central dos nortes)

aleluia é não ter um prefeito
é não ter um prefeito padre
pastor podre ou qualquer outrofeta rebanheiro
que vai querer cuidar de suas pregas
(e moedas)

aleluia é gozar de si próprio
de *nosotros* pequenoides
de cabeça alquebrada
de focinho murcho
e com uma porrada de sonho por fazer jorrar

aleluia é rir pra dedéu
é falar a palavra *dedéu* num poema libertarado
é beber café esprimido na hora
tirar uma soneca abraçalindo, sonhamurmurando

aleluia é receber um dadivoso cafuné-sexy
no meio da madrugada em morte
um afago do cachorro de rua
um beijo do fraterno que parte
pra morar nos olhos da memória recíproca
até que o mundo os faça esquecidos
do que existiram um dia

aleluia, não se governar
por uma fé de plástico
não precisar dizer amém para alcançar uma sopa

aleluia que quer dizer *valeu, deus, tamojunto*
seja suncê quem for
deus que pode ser os nós de uma companheiragem
ou deus-moça
deus que pode ser nosso diabão interior
deus-orixás
deus de molhar os usos na terra
deus dos plantios e dos ventos
deus pombagira das gentes
tontas e poeteiras
geradoras de arte-vida

aleluia ao próximo som próspero
vingadoido
às palavras líricas
sem pé e que confundem cabeças
aleluia às carnes que perfazem o intelecto

um mais vivo aleluia, ainda,
à prole de poemas impossíveis
de serem lidos pelos assujeitinhos normais
e seus multiaparelhos de (in)existir

aleluia ou num francês sujo da porra:
aller dans la rue !
nos esbarremos na esbórnia
nos contorçamos em febre na pista

aleluia que nosso fabrico é um chiste
mas é feito de coração

aleluia, desirmãos, aleluia

ANEXO I

A seguir, o porrema original. Ele foi rascunhado por Rafael Maieiro e Diego Barboza no buteco Beija-Flor do Maracanã — em pleno porre.

TODOS BRINDAM COM CARLITOS: COM UMA PITADA DE BUK & QUANDO ANUNCIAMOS O FIM ESTAMOS SENDO BRECHTIANOS

Com os dentes filtrando cerveja,
engulo a calçada e grito:

— Acorda babacada,
ontem teve filme do Carlitos!

Eu vi, ri e teve fim.

Como ir?

Agora quero uma legião de putas e pinicos.
Cinta-liga, correr no circo...
Quero a carne que mastigo entre a boca e o grito.

E no porre mais infinito vomitar um confete:

▪

Nenhum bêbado mija infeliz!

Entre a buchada de bode,
meio quilo de entranha,
à la Blanc cago.

LUCAS NOVELLO

Este livro foi brindado e impresso em 2017, ano do centenário da Revolução Russa e do nascimento da dançarina, naturista e escritora Luz Del Fuego. Ele foi composto em Din Next e Double Vision. A impressão foi feita pela gráfica carioca Rotaplan em papel triplex 300 g/m² para a capa e pólen bold 90g/m² para o miolo.